La maîtresse
en
maillot de bain

À Jérôme

Haut les mains
Peau d'lapin
La maîtresse en maillot d'bain !

Responsable de la collection : Frédérique Guillard

BÉATRICE ROUER

La maîtresse en maillot de bain

Illustrations de Rosy

NATHAN

Le vendredi,

avec la classe,

on va à la piscine.

La maîtresse

nous sépare

en deux groupes :

ceux qui savent nager,

dans le grand bain,

les autres,

dans le petit bassin.

Moi, je ne sais pas nager et,
du coup, je déteste
aller à la piscine.
L'eau me rentre partout,
dans le nez, dans les yeux,
dans les oreilles…
Et pendant que je flotte
comme un éléphant, là-bas,
dans le grand bassin, ma copine
Jennifer fait sa crâneuse
parce que, depuis les vacances,
elle sait nager.

Elle m'énerve. En plus, elle est
avec Olivier, mon amoureux,
et je ne sais pas ce qu'elle lui
raconte. Peut-être qu'ils se disent
des secrets contre moi ?
Ça vraiment, ça ne me plaît pas.

Un jour, j'ai pensé :
« Laetitia, tu es maligne.
Tu dois trouver une solution.
L'idéal, évidemment, serait
de ne plus aller à la piscine.
Mais comment faire ?
Ah, si elle pouvait être fermée…
C'est ça… fermée… »
Et, tout à coup, j'ai eu une idée,
une idée de génie !

Le soir, en rentrant chez moi,
je me suis enfermée
dans le séjour.
J'avais un coup de fil urgent
et secret à passer. J'ai composé
le numéro de l'école.
Driiing… driiing… !
La directrice a décroché.
Aussitôt, j'ai placé
un mouchoir
devant ma bouche
pour déguiser
ma voix.

Comme un gangster, dis donc !
Et j'ai dit :
– Allô ? Ici la dame de la piscine. Je vous appelle pour vous dire qu'on fait des travaux. Alors, demain, ce n'est pas la peine que les enfants viennent.

Et j'ai raccroché. Ouf !

Le lendemain, je suis arrivée toute gaie, en pensant : « Ah ! ah ! ah ! Jennifer, aujourd'hui tu ne vas pas pouvoir faire ta maligne dans l'eau… »

En effet, la maîtresse a annoncé :
– La piscine est fermée aujourd'hui. Dommage… À la place, nous ferons de la gymnastique.

J'étais ravie. Parce qu'en gym, je suis très forte. J'adore les roulades, et je réussis presque bien la roue et l'équilibre.

Bien sûr, je n'avais rien dit
à personne au sujet de la piscine.
Même pas à Olivier. Pourtant,
c'est mon amoureux. Mais il est
aussi le fils de la maîtresse, alors
vous comprenez bien qu'il y a
certaines choses qu'il vaut mieux
ne pas lui dire. De toute façon,
c'était mon secret.
Mais un secret si réussi
que j'ai décidé de recommencer.

La semaine suivante, je me suis
enfermée encore une fois
dans le séjour, et j'ai dit :
– Allô ? Ici la dame
de la piscine de mon école.
Je vous rappelle pour vous dire
que les travaux ne sont pas finis...

Et j'ai raccroché.
C'était dans la poche :
cette fois-ci encore,
on aurait gym, et pas piscine !
Le lendemain, la maîtresse
est entrée comme d'habitude,
mais elle avait l'air contrarié.
Tout de suite, elle a dit :

– Les enfants, on a encore téléphoné pour dire que la piscine était fermée. Mais cette fois, madame la directrice a eu un doute. Elle a rappelé le maître nageur. Et figurez-vous, ce n'était pas vrai ! Quelqu'un a fait une blague... Donc, prenez vos maillots, nous partons !

Catastrophe ! J'avais raté mon coup ! Adieu les roulades et les roues, bonjour les éléphants flottants. La mort dans l'âme, je suis partie avec les autres.

Mais, ce jour-là,
il s'est passé quelque chose
de tout à fait extraordinaire.
Quand nous sommes arrivés
devant le petit bassin,
la maîtresse nous attendait.

Elle n'était pas en survêtement
comme d'habitude. Non !
Elle était en maillot de bain !

Un beau maillot décolleté,
rouge avec des cœurs jaune fluo.
Qu'est-ce qu'elle était belle !
Tout le monde la regardait
avec admiration. Elle a expliqué :
– Aujourd'hui, je me baigne
avec vous. Je crois
que vous êtes prêts à savoir nager.
Je vais vous aider.

Elle ne nous a pas fait mettre
nos brassards, elle est descendue
dans l'eau, et a proposé :
– Vas-y, Laetitia, à toi.

J'ai pris mon courage
à deux mains et j'ai foncé.
Miracle ! J'ai réussi à faire
deux brasses sans couler.

Du coup, j'ai recommencé.
Et j'ai fait quatre brasses.
La maîtresse m'a félicitée :
– Bravo, Laetitia, tu sais nager !

Je n'en revenais pas ! Olivier a fait une blague :

– Hé, Laetitia, ça y est, tu n'es plus un éléphant flottant…

Il a ajouté en riant :

– Tu barbotes comme un canard.

Le canard l'a poussé dans l'eau, et il a bu la tasse. Mais ça ne fait rien, il riait comme une baleine !

Je suis rentrée très fière à l'école.
Maintenant que je savais nager, ça changeait tout ! Ça me plaisait de venir à la piscine.
J'ai dit à Olivier :
– Vivement vendredi prochain, qu'on y retourne…

Mais le vendredi, en arrivant, la maîtresse avait encore l'air contrarié.

Elle a déclaré :
– Pas de chance, les enfants, nous n'irons pas à la piscine aujourd'hui. Elle est fermée pour cause de travaux.

J'ai crié sans réfléchir :
– Mais ça n'est pas possible, vous vous trompez, je n'ai même pas téléphoné…

La maîtresse m'a regardée
d'un drôle d'air, et j'ai senti
que je devenais rouge,
toute rouge, aussi rouge
que son maillot de bain !

Béatrice Rouer

Elle vit dans le Nord, où elle a fait des études de journalisme. Puis elle a commencé à écrire des histoires pour les enfants et, comme on n'est jamais mieux servi que par soi-même, elle a mis au monde ses trois lecteurs les plus assidus, Priscilla, Martin et Thomas.

Rosy

Tout petit, Rosy s'amuse à recopier les personnages de Walt Disney. Après un passage dans l'entreprise familiale de clouterie, il entre aux Éditions Dupuis. Il écrit des scénarios et crée des personnages de B.D. Actuellement, il dessine pour la presse et l'édition et signe de temps en temps une campagne de publicité.

Retrouve Jennifer, Laetitia et Olivier dans les aventures suivantes :
T'es plus ma copine !
Tête à poux
Mon père, c'est le plus fort !
Nulle en calcul !
La maîtresse en maillot de bain
Le pestacle et les pétards
Souris d'avril !
La tête à Toto
C'est mon amoureux !
Le fils de la maîtresse

DANS LA MÊME COLLECTION

ARNAUD ALMÉRAS

Barbichu et
la machine à fessées

Barbichu et
le détecteur de bêtises

Barbichu et
le Confiscator

Calamity Mamie

Les vacances de
Calamity Mamie

Le Noël de Calamity
Mamie

Calamity Mamie
et bébé Chloé

HUBERT BEN KEMOUN

Tous les jours, c'est foot !

Même pas cap !

Ce n'est pas le vrai !

C'est quoi ta collec ?

Comme une grenouille

JEAN-MICHEL BILLIOUD

Le vélo, c'est trop dur !

NICOLAS-JEAN BREHON

Un petit grain
de rien du tout

FLORENCE CADIER

Qui est laurette ?

CLAUDE CLÉMENT

Princesse Chipie
et Barbaclou

Bon anniversaire,
Barbaclou !

Princesse Chipie
et Barbaclou
en vacances

JEAN-LOUP CRAIPEAU

Un Noël à poils doux

FRANÇOIS DAVID

Le bouleau de Loulou

Allo papa,
tu raccroches ?

ELSA DEVERNOIS

Qu'est-ce que tu me
donnes en échange ?

DANIELLE FOSSETTE

Je ne veux pas aller
au tableau !

Je me marierai
avec la maîtresse

JACQUELINE FRASCA

Dent de loup

ANNE ET CLAUDE GUTMAN

Comment se débarrasser
de son petit frère ?

CLAUDE GUTMAN

Doudou Premier

FANNY JOLY

Juliette Mangemiette

Dédé télécommandé

CATHERINE LAMON-MIGNOT

Gentil squelette
cherche amourette

Y'a un fantôme
dans les cabinets !

Menu fille
ou menu garçon ?

Mademoiselle Zazie
a-t-elle un zizi ?

Vive la France

DANS LA MÊME COLLECTION

THIERRY LENAIN

Série "Bravo Léo" :

Crocodébile

Tête de grenouille

Merci moustique !

Silence, les monstres !

GÉRARD MONCOMBLE

Mimi la Montagne

ANNE NAUMOVIC

La fêlée du logis

GENEVIÈVE NOËL

Un super anniversaire

Le perroquet bête comme ses pattes

YVES PINGUILLY

Les vacances du poisson rouge

Maman, j'ai des points bleus !

MICHEL PIQUEMAL

Laissez passer les biquettes

YAK RIVAIS

Lutinet cherche une glace

ANN ROCARD

Le loup qui avait peur de tout

Le loup qui tremblait comme un fou

Le loup qui n'avait jamais vu la mer

Le loup qui sifflait trois fois

Le vampire qui avait mal aux dents

BÉATRICE ROUER

T'es plus ma copine !

Mon père, c'est le plus fort !

Le pestacle et les pétards

Nulle en calcul !

Tête à poux

La maîtresse en maillot de bain

Le fils de la maîtresse

Je le dirai à ma mère !

C'est mon amoureux !

La tête à Toto

Souris d'avril !

Sourichérie

Le fantôme des oubliettes

ÉRIC SANVOISIN

Bizarre le bizarre

ALAIN SURGET

C'est moi le plus malin !

EMMANUEL TRÉDEZ

Et si les poules avaient des dents ?

CLAIRE UBAC

Hugo n'aime pas les filles

Comment j'ai trompé la petite souris

ZIDROU

Le grand amour de Mathurin Pinpin

N° d'éditeur : 10077247 - (V) - 21 - CSBTS - 170° - Août 2000 - Impresion et reliure : Pollina s.a., 85400 Luçon - n° 80622-B
Conforme à la loi n° 49956 du 16 juillet 1949 sur les publications destinées à la jeunesse - ISBN 2.09.282419-8